B.B.CALL
248-5x5x1
忍者專用
這個B.B.CALL據說是知名忍者猿飛佐助以前曾經用來聯絡的呼叫器，也很有歷史價值。
佐羅力樂園周邊商品
「佐羅力樂園」已經倒閉，現在也買不到各種佐羅力樂園的周邊商品了所以，每一樣商品都價值連城。
關於「佐羅力樂園」的故事，請記得去參考《怪傑佐羅力之恐怖遊樂園》唷！
暖暖包
聽說日本的水戶黃門以前在冬天的時候用過，右下角的地方，有「藍色家紋」的才是真品唷！

怪傑佐羅力之忍者大作戰

文·圖 **原裕** 譯 王蘊潔

由於佐羅力之前幫了妖怪學校的老師一個大忙，老師送了他這張電話卡表達感謝。
（詳細情節請看《怪傑佐羅力之妖怪大作戰》，但是即使不看《妖怪大作戰》，也不會影響看這本書的樂趣。）
◁IN 0 1 5 10 30 50
噗
噗
這麼醜的電話卡，趕快用一用，早點用完丟掉算了。

佐羅力三人肚子餓得咕咕叫，似乎也沒有力氣像平時一樣先唱開場歌了。

唉，真是餓死我了。剛才拿到的這張外送披薩廣告單，每一種披薩看起來都好好吃，愈看愈想吃。
佐羅力大師，我之前去便利商店打工賺到的錢還剩下兩千三百圓，剛好可以訂一個披薩唷。
DO MI SO 披薩
熱帶特製披薩 M 2300圓 L 3400圓
義大利豪華披薩 M 2300圓 L 3400圓
海鮮豪華披薩 M 2300圓 L 3400圓
週年慶大放送，訂購披薩九五折

而且，妖怪學校的老師
送你的這張電話卡，
我們完全沒有用過呢！

你們瞧瞧，
這家電器行門口
剛剛好就有公用電話。
我覺得這是天意，
就是要叫我們趕快訂披薩。
快一點，
快打電話訂披薩來吃吧。

三個人早就餓壞了，
一致同意，立刻就做。

伊豬豬迫不及待的
把手上的電話卡
插進公用電話的卡匣，
準備按下按鍵。
這時，隔壁的電器行裡
展示著一臺寬螢幕電視，
螢幕裡出現的電話卡，
和佐羅力得到的那一張
一模一樣。

「伊豬豬，先等一下，你們快來看電視。」

回頭蛙先生，你的意思是說，這張醜不拉幾的電話卡，是目前全世界最值錢的電話卡嗎？
噗
噗
是的。因為這張電話卡上面豬的圖案畫得實在太軟弱無力了，所以根本沒有人想要收藏這張電話卡，大家全都用掉了。
電話卡收藏家 回頭蛙先生
由於物以稀為貴，目前這種「噗噗電話卡」，全新的、一次也沒用過的，據說全世界只剩下兩張。
咦？所以，回頭蛙先生，其中一張就在你手上囉！聽說這張電話卡的價格現在已經狂飆到一千萬圓了，是嗎？

是的。由於另外一張全新的電話卡目前下落不明，如果那張電話卡已經被人使用，或是有破損，那麼，我手上這一張，就成為全世界獨一無二、完整無缺的噗噗電話卡。
如果只剩這張的話？
這張電話卡的價格，就會一下子升值十倍。
十、十倍……升值十倍的話，這麼一來，就變成一億圓了!!

佐羅力一聽，連忙搶下伊豬豬手上的話筒，二話不說，迅速的掛上電話。

幸虧佐羅力及時阻止，「噗噗電話卡」從公用電話吐了出來。還好，這張電話卡一次都沒使用過，還是全新的。

「啊，好險、好險，差一點價值連城的寶物就變成垃圾了。」

「佐羅力大師，如果把這張電話卡賣掉，不要說一份披薩，就算要訂廣告單上所有的披薩都行。」

「記得要附可樂呵。」

「你們這兩個豬頭。」

「區區一千萬，這麼一點點小錢
本大爺根本不放在眼裡。
只要把電視裡的那張電話卡剪掉，
本大爺手上的這張電話卡，
馬上就值一億圓。
本大爺要用這些錢
建造我的佐羅力城，
到時候讓你們開心吃披薩，
吃到撐死為止。」

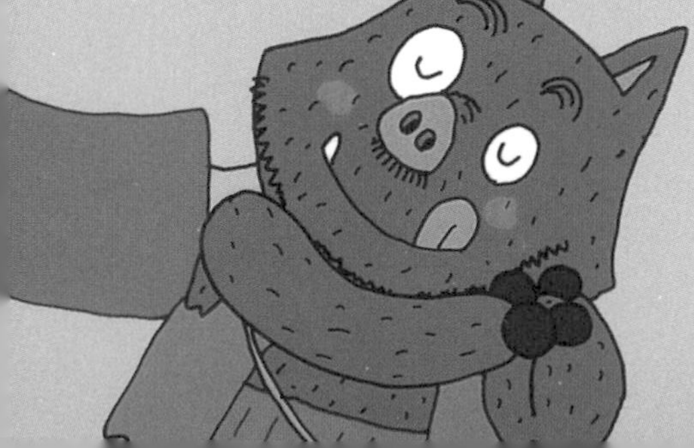

佐羅力不只忘記前一刻的飢餓，兩隻眼睛也亮了起來。

這時，另外一張「噗噗電話卡」的主人回頭蛙先生仍然興致高昂的繼續接受電視台記者採訪。
回頭蛙先生，請問，你平時都把這張珍貴的「噗噗電話卡」收藏在什麼地方呢？
問得好。這張比我生命更重要的電話卡……
平常放在我的「電話卡專用收藏室」裡，而且就展示在房間的正中央。
回頭蛙先生的電話卡專用收藏室
什麼？你就這樣大剌剌的放在外面，難道不怕被小偷偷走嗎？

哈哈哈，小偷想要潛入這棟房子偷走電話卡，根本是不可能的事。
你的意思是……
咦？這盞燈是怎麼回事？
真是來得巧啊，似乎有個不知死活的小偷闖進來了。
就讓你好好見識一下，為了保護電話卡，我做了多少安全的防護措施。
嗶
回頭蛙先生按下開關，打開了牆上的大電視螢幕——

螢幕裡出現了回頭蛙先生家的庭院。只見偷偷溜進來的佐羅力三人，正被看守院子的狗追趕得四處逃竄。

看到了沒有？我在庭院裡放養了食人犬，只要牠們一出動，什麼小偷都會夾著尾巴逃之夭夭，下次絕對不敢再上門來偷東西了。
像盔甲般的鱗片
尾巴可以控制前進方向
只有兩條腿的狗很少見

救命啊！
別、別過來。別靠近我。
嗚啊——
但是，萬一小偷剛好很幸運的溜進了這棟房子，那該怎麼辦？
這就是食人犬
一種超級可怕的狗，是最近剛在叢林深處被發現的新品種。
銳利的牙齒 一旦咬住，就絕對不會放開。咬力是烏龜的十二倍。

咻
不必擔心。如果他們能順利闖進屋內，這些強壯、肌肉發達的警衛會把他們打得半死，沒有人受得了警衛的拳頭。

呼！
看拳！
砰！
別、別打了——
這樣吧，今天特別開恩，讓他們平平安安的通過這個房間，引誘他們去收藏電話卡的房間吧！
哇，真讓人期待啊！不知道會有什麼結果？

電話卡專用收藏室!!
就這樣，佐羅力三人在毫不知情的狀況下，一步一步的踏進這麼可怕的房間。
地板上佈滿了密密麻麻的鐳射網，只要一不小心碰到了，就會在腳上燒穿一個洞。
啊，噗噗電話卡就在那裡。
好極了，我就用這把剪刀把它剪成碎片。
沒有鐳射光的地板只要一腳踏進去的話
就會觸動陷阱掉落到地下三十公尺深的地方
這裡設計了一個祕密機關，至於是什麼樣的機關，現在還不・能・說。

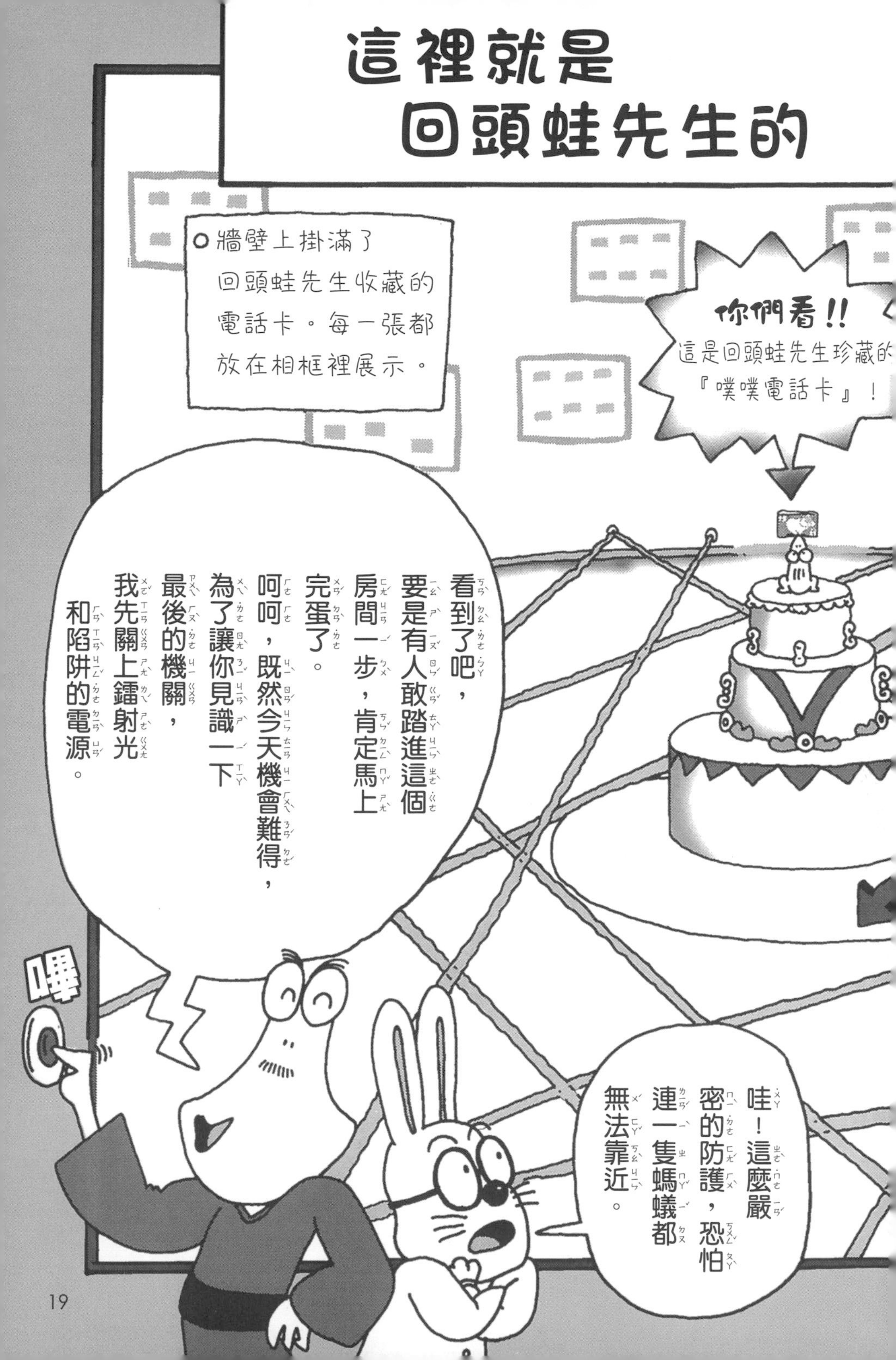
這裡就是回頭蛙先生的
牆壁上掛滿了回頭蛙先生收藏的電話卡。每一張都放在相框裡展示。
你們看!!
這是回頭蛙先生珍藏的『噗噗電話卡』！
看到了吧，要是有人敢踏進這個房間一步，肯定馬上完蛋了。呵呵，既然今天機會難得，為了讓你見識一下最後的機關，我先關上鐳射光和陷阱的電源。
嗶
哇！這麼嚴密的防護，恐怕連一隻螞蟻都無法靠近。

「雖然這種情況完全不可能發生，但是，假設小偷真的能夠排除萬難，可以來到『噗噗電話卡』旁邊，他們看到電話卡時，一定會迫不及待想伸手去拿。這個時候，

會發生什麼事呢？
好期待啊

只要剪掉這張電話卡，本大爺手上的那一張就價值一億圓了。嘻嘻呵呵嘻嘻。

電話卡旁邊的地板只要一感受到重量，就會像這樣整個彈起來，天花板也會立刻打開，把小偷用力彈出去，拋上天空。

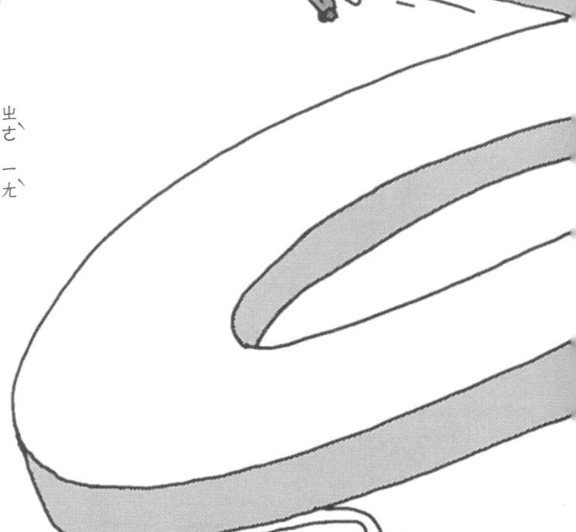

這樣，
這些小偷
以後就再也不敢
來我家偷東西了。
哈哈哈哈哈。」

佐羅力三人
吃盡了苦頭，
不但被
高高的拋到天上

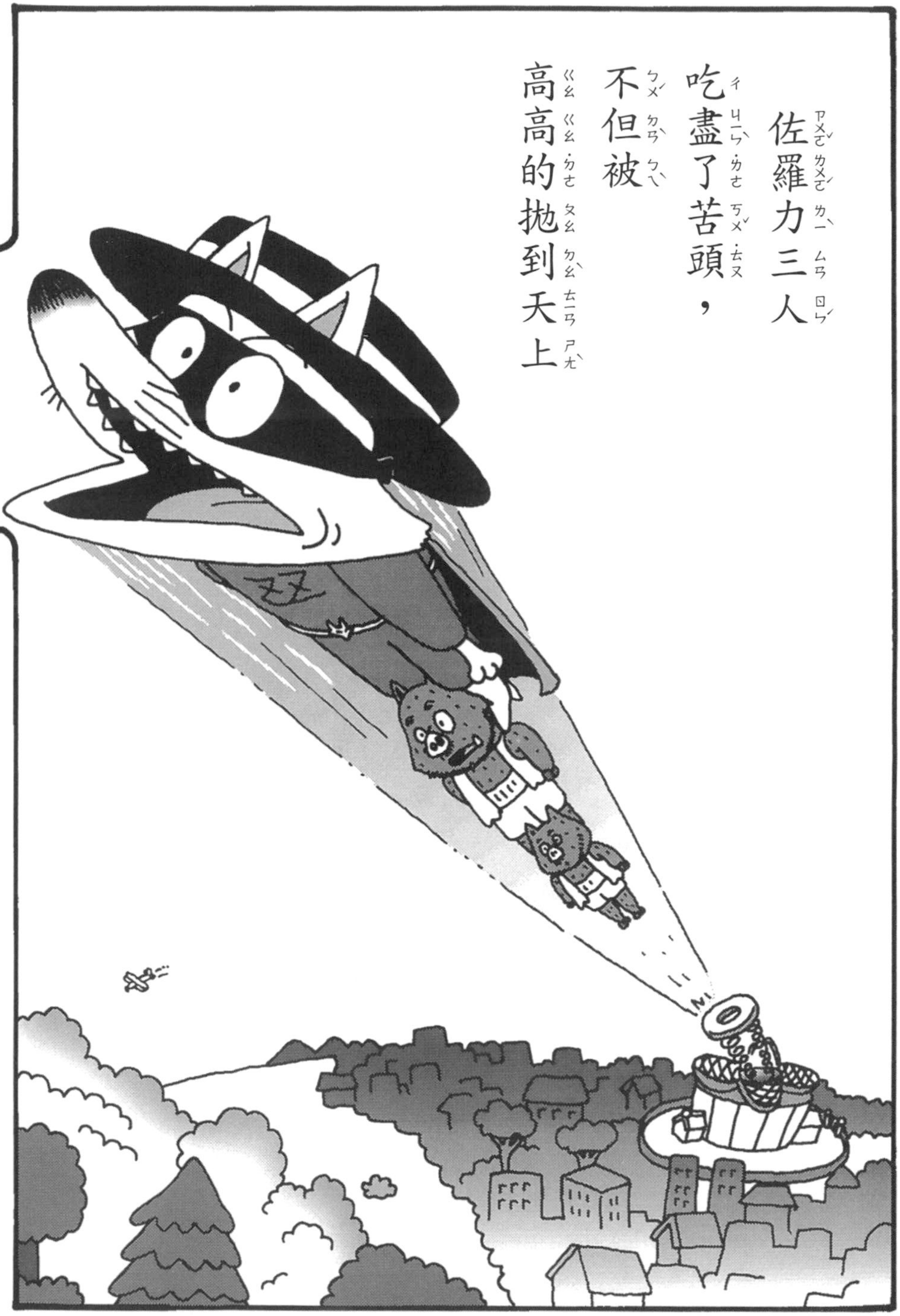

而且還遠遠的掉進了深山裡的森林。

他們掉下來的地方——

——剛好是忍者屋的院子。

「忍、忍者屋？」

佐羅力三人接連摔下來，摔得屁股都痛了。

院子裡豎著一塊牌子，

他們看到牌子上寫著：

忍者屋
歡迎來到忍者屋
你也可以馬上成為忍者!!
男生忍者速成班
◎只要短短一個星期，就可以讓你成為忍者。現在報名，學費全部
免費!!
●這個課程可以讓你學會很多輕鬆運用的忍術，你想不想試試這個天下無敵課程？
女生忍者減肥班
◎想不想靠著學習忍術，就能擁有傲人的身材？只要短短一個星期，就可以讓你一天比一天瘦。
（也有忍者美容班喔）
現在報名，學費全部
免費!!
●只要努力受訓，就可以掌握忍術，不光是你，連你的媽媽也可以在轉眼之間成為超級名模!!
受訓期間，忍者屋也安排住宿。

「真的免費嗎？」

佐羅力有點心動——

「是的，

當然是真的。」

「現在正是免費體驗期，

所以學費統統免費，

一分錢都不要。」

從忍者屋內

突然衝出來

大個子忍者

和小個子忍者。

屋
小個子忍者
大個子忍者
生忍者速成班
只要短短一個星期，
就可以讓你成為忍者。
現在報名，學費全部
免費!!

「好啊，能夠免費學忍術真是太開心了。就這麼決定吧！我們在這裡好好學忍術，變成忍者後，再偷偷溜進回頭蛙家裡，這一次絕對要把那張『噗噗電話卡』剪掉。」

於是，佐羅力三人立刻決定要報名參加「忍者速成班」。

「從明天一大早開始，只要一個星期，你們三個人將會變成真正的忍者，敬請期待。」

忍者課程第1天

「來，趕快出來排隊。」

隨著大個子忍者一聲令下，佐羅力三人睡眼惺忪的走出來。

「咦？你們三個怎麼沒有穿忍者衣？」

「我們又不是忍者，怎麼會有忍者衣？」

「什麼？
沒有忍者衣，
我就不能教你們忍術了。」
「什、什麼？
那、那我們該怎麼辦
才好呢？」
伊豬豬問。
叭、叭、叭叭叭叭！
號角響起——

忍者衣 一套只要 三萬圓

——隨著號角聲，一場忍者衣服裝秀毫無預警的登場了。

在黑暗中絕對看不見的布料
即使長時間穿，也不會悶熱
現在還可以特別為你繡上姓名和肖像。
忍者鞋 即使在岩石上奔跑，腳也不會痛。
這麼讚，誰都會想要買一套啊！
嘿嘿
只要穿上這套忍者衣，絕對很有女人緣。

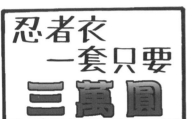

依照大個子忍者的說法，如果沒有穿忍者衣，他就不肯指導忍術，也就是說想學忍術，就不能不買忍者衣。

最後，佐羅力只好分一百期付款，拿出九百圓買了三套忍者衣。

寶貝袋
採用特別牢靠的精密布料縫製而成。由於刀槍不入特別適合拿來放貴重物品。
滾 滾滾

佐羅力的零用錢記帳本

現在身上所有的錢
2300圓
3套忍者衣
3萬圓×3
總計9萬圓
9萬圓分期付款
100期
1期900圓
2300
− 900
剩下 1400圓

・年紀小的小朋友可能看不太懂記帳的方法學會的話以後會很有幫助呵！

不一會兒，他們三個人
換上新買的忍者衣走了出來。
但是，忍者老師不見了，
四處找也找不到。
「老師，快來看啊，
我們已經換上了忍者衣，
請你趕快出來教我們忍術。」
魯豬豬說完，
不知道哪裡傳來了聲音。

「呵呵呵，我們已經用了忍術，
你們快找找，
看找不找得到我們在哪裡？」
佐羅力三人左右張望，
到處找了又找——

——這時候，

樹皮突然翻開，

兩名忍者出現了。

「怎麼樣？」

「太神了！」

三個人看得目瞪口呆。

「這就是忍術裡的

『隱身術』，用藏身布包起來就行了，

很簡單的。你們幾個也快點

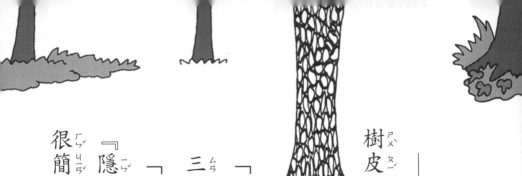

拿出自己的藏身布，
一起來隱身吧！」
「啊？什麼藏身布？
我們根本沒有啊！」

伊豬豬才剛剛
說完這句話，
叭、叭、叭叭叭叭！
號角聲又
再度響起。

小個子忍者推著一輛推車出現了，推車上放了各式各樣的藏身布。

各位，請仔細看看這些忍者藏身布。有木紋的，有岩石圖案的，還有鐵網圖案、紅磚圖案，連地毯圖案也有，一組兩塊藏身布，現在特價一萬五千圓。有了藏身布，不管在森林裡，還是在都市裡，想躲哪裡就躲哪裡。
喔！
這樣啊。

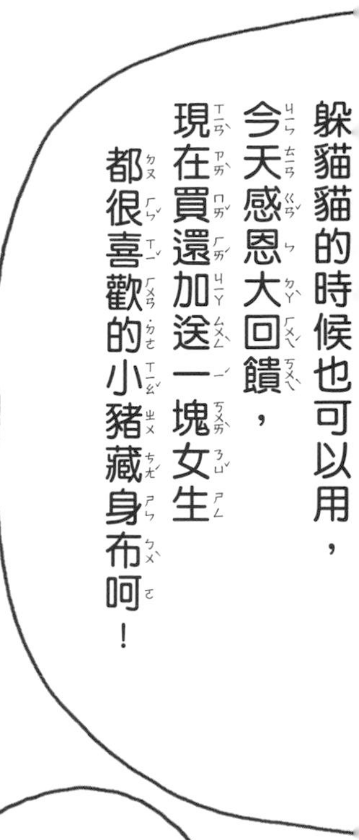
躲貓貓的時候也可以用，
今天感恩大回饋，
現在買還加送一塊女生
都很喜歡的小豬藏身布呵！

既然沒有藏身布，
就不能使用忍術的話，
佐羅力他們也只能再掏錢買了。
於是，佐羅力又分期付款一百期，
買了一組藏身布，
三個人一起使用。

佐羅力，你看，
這太划算了，
不買你就
吃虧囉！

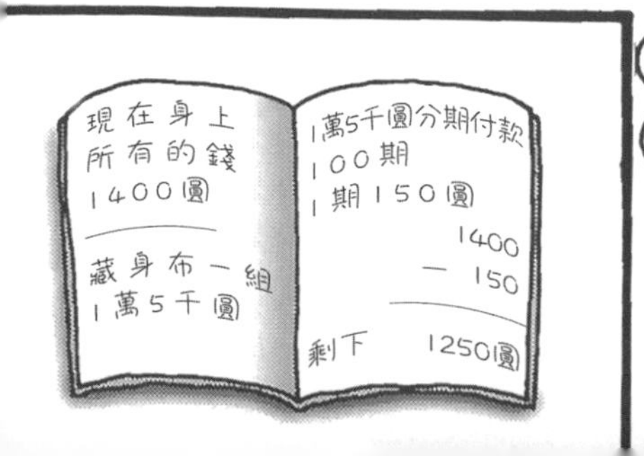
現在身上所有的錢
1400圓
藏身布一組
1萬5千圓
1萬5千圓分期付款
100期
1期150圓
1400
− 150
剩下 1250圓

忍者課程第2天

呼~

今天一大早，他們跟著忍者老師學習水中遁形術。

有了這根吸管，就可以神不知、鬼不覺的躲在水裡好幾個小時都不會被敵人發現。

「各位學員，
快拿出自己的忍者吸管，
潛入水中，
練習看看吧！」
「喂，喂，
我們沒有這種東西耶！」
佐羅力話才說完。
叭、叭、叭叭叭叭叭！
號角聲果然再度響起——

小個子忍者又推著推車出現了，推車上放了許多忍者吸管。

水中遁形術專用
忍者吸管
5千圓
特惠期間，附贈小蛇裝飾品，可防止青蛙靠近。（是由知名雕刻工廠精製的手工製品）
蓮葉造型即使浮在水面上，也不會引起懷疑。
有垃圾跑進吸管裡的話，會自動掉進這個小袋子。
吸管長度可以根據水深調整共有五段式調節。
鼻夾
購物

怎麼樣？
這種吸管很厲害吧？
只要有了這根忍者吸管，
就可以任意使用水中遁形術，
實在物超所值呵！
老兄，
我說的沒錯吧？

佐羅力很想學這種忍術，
所以就決定買一根吸管，
當然，同樣也是
分一百期付款。

忍
現在身上
所有的錢
1250圓
忍者吸管
一根
5千圓
5千圓分期付款
100期
1期50圓
1250
− 50
剩下 1200圓

佐羅力三人練習完水中遁形術後，大個子忍者對他們說：

「明天的課程，要學煙霧彈和撒十字釘，敬請期待吧！」

佐羅力說：

「哼，反正他們肯定

又要我們花錢買東西，
這樣下去，不管有多少錢都不夠用。
古人說的沒錯，免費的東西最貴。
真是的，
我們一定要想想辦法才行。」
那天晚上，佐羅力三人
悄悄去了森林，
窸窸窣窣的忙了好久，
一直忙到天亮。

忍者課程 第3天

十字釘的使用方法

● 有人追趕時，將十字釘撒在路上。
趁敵人踩到受傷的時候，馬上逃之夭夭。

要讓其中一根尖頭朝上
因為釘子前端彎彎的，一旦踩到，很難拔出來
好痛好痛

煙霧彈的使用方法

● 丟在地上，就會放出煙霧，
讓敵人看不見。

砰
哇！

我昨天已經告訴你們了，今天的課程內容，是撒十字釘和煙霧彈，這堂課很重要，你們一定要好好學。

「好，那我們馬上來練習，
準備好了嗎？
請拿出你們的十字釘
和煙霧彈。」
「好。」
佐羅力三人很有精神的
回答。
反倒是兩名忍者嚇了一跳。
「咦？你們居然有？」

「對啊，我們有，昨天做的。」

佐羅力很樂意向他們說明。

佐羅力的十字釘
在森林裡撿到的
栗子毬果

佐羅力的煙霧彈
森林裡撿回來的
核桃殼，裡面裝滿
沙子和屁。
只要使用忍者吸管，
很容易就能把屁
灌進核桃殼裡。
噗
核桃

答答答答答答
看我的！
砰！
哇！好臭

「反正效果都是一樣的，我們用這個也沒有關係吧？」

三個人不理會忍者的反應，自顧自的開始練習撒十字釘和煙霧彈。

可惡，他們居然能想到這種好方法。
哼，他們竟然不買我的產品。

他們練得滿頭大汗，練習結束後，魯豬豬說：

煙霧彈的屁味黏在忍者衣上味道一直散不掉，請問，你們有沒有洗衣服的肥皂——？
臭~
臭~

忍者聽了，
立刻開心的
笑著對他說：
「是嗎？
那可真傷腦筋啊！
這種時候，
強力推薦你使用這個！」
叭、叭、叭叭叭叭！
號角聲再度響起……

忍者晒衣夾
•比起普通晒衣夾
忍者晒衣夾的夾力
真的超強。
忍者晒衣繩
•即使二十個小朋友
一起掛在繩子上
也不會斷掉唷！
超級牢固的晒衣繩。
全都怪你多嘴，隨便亂說話，害我們荷包又失血，被迫多花了五百圓，買了這些洗衣粉、晒衣夾，還有晒衣繩。
咚咚
但是——味道真的很臭呀！佐羅力大師的忍者衣我也會一起洗，請你原諒我吧！
忍者洗衣粉
無所遁形
即使遇到頑垢，
也可以像忍術一樣
洗得一乾二淨。

於是，佐羅力又買這又買那，
花了很多錢，身上只剩下七百圓了。
「不用擔心，我們很快就可以擺脫貧窮了。
因為，本大爺手上的這張電話卡
價格很快就會一飛沖天，價值一億圓。
嘻嘻呵呵嘻嘻。」
佐羅力很小心的
把那張珍貴的「噗噗電話卡」
放進了據說刀槍不入的寶貝袋裡，
掛在腰上。

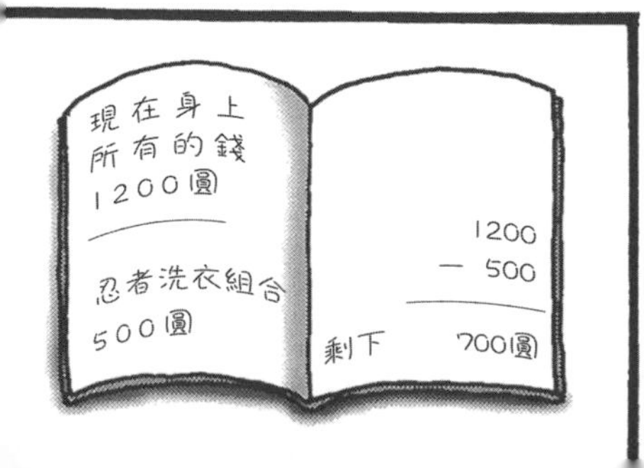
現在身上
所有的錢
1200圓
忍者洗衣組合
500圓
1200
— 500
剩下 700圓

忍者課程 第4天

☆飛鏢
原價1千圓
目前特價一個
只要700圓

「你們看，這就是每個忍者不可不學的飛鏢。我手上的這種飛鏢，和普通的飛鏢完完全全不一樣，你們看好囉！」

忍者一說完，立刻丟出飛鏢。
咻咻咻……
飛鏢從忍者手上飛出，
畫著漂亮的圓弧，
飛過佐羅力他們面前，
又飛走了。

佐羅力發現繫在腰上的寶貝袋
被忍者的飛鏢割破了。
而且，袋子裡的「噗噗電話卡」
也斷成了兩截，
輕輕飄落在地上。
「呃，嗚呵，你們不是說，
這個寶貝袋刀槍不入，
再厲害的刀子
也絕對割不破嗎？」

「沒錯，這正是這種飛鏢厲害的地方，
就連被認為是刀槍不入的東西，
也照樣可以輕輕鬆鬆的割破。」
不管忍者再說什麼，
佐羅力都聽不進去了。
「嗚哇——」
他緊緊握著被割成兩截的電話卡，
丟下其他人，
衝進了忍者屋。

「佐羅力大師，你看你看，
這種飛鏢實在太厲害了，
我忍不住拿出剩下的錢，
向忍者老師買了一個。」
伊豬豬和魯豬豬滿心佩服的
跟著佐羅力跑回房間。
「你們兩個大傻瓜，
你們瞧瞧，
都是飛鏢惹的禍，

我的寶貝『噗噗電話卡』割成了兩半啦！
現在連一毛錢都不值了。」
佐羅力氣得破口大罵。

「什麼？怎麼會這樣？
那、那現在連一小片披薩
也吃不到了嗎？」

「那、那怎麼辦哪？
佐羅力大師……」

佐羅力猛然站起來，對他們兩個人說：

「這麼一來，回頭蛙那張電話卡的價格就升值到一億圓了。我們無論如何都要拿到那張電話卡。」

「但是，我們還沒有學完所有的忍術，怎麼辦呢？」

伊豬豬的話立刻被佐羅力反駁，他說：

「喂，你們聽清楚，剛才為了買飛鏢，你們不是把最後的七百圓也用光了嗎？

現在，我們已經身無分文了。你們難道還搞不清楚？如果沒錢買忍者的道具，忍者就不會教我們忍術，此地不宜久留。為了躲債，我們今天晚上就要連夜逃走。」

現在身上
所有的錢
700圓
飛鏢1個
700圓
700
－700
剩下 0圓

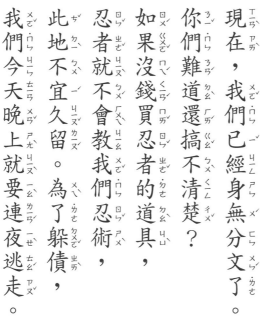

這天晚上，佐羅力三人摸黑悄悄逃離了忍者屋。然後，直奔回頭蛙先生的家，潛入他家的庭院。

大家都知道，一旦進入庭院，放養的食人犬就會露出可怕的牙齒向他們衝過來。

但是，
佐羅力早有準備，
他們不慌不忙的——
安全落地

——把親手製作的
煙霧彈朝食人犬
丟了過去。
很臭、很臭的
煙霧彈炸開來
結果，
食人犬
一隻接著一隻
翻肚倒地。

「來吧！
趁現在趕快進去。」
佐羅力三人
打開門，
神不知、鬼不覺，
輕輕鬆鬆的
進入屋內。

為了不讓肌肉警衛發覺，
三個人分別使用了忍者道具
成功隱身——
• 大家找得到佐羅力他們躲在哪裡嗎？

他們順利的通過了這個房間。然後——
電話卡專用
收藏室

——就這樣，他們輕輕鬆鬆的溜進了

收藏「噗噗電話卡」的房間。

一打開門，

馬上就看到那張電話卡，

放在房間的正中央，

閃閃發亮。

魯豬豬看到了，

驚喜大叫：

「嗚哇，一億圓耶！」

他情不自禁的走了進去。

這時，

嗶嗶嗶嗶嗶嗶嗶

鐳射光立刻啟動，穿破了魯豬豬的寶貝袋，裡面的的栗子毬果十字釘全都掉出來了。

「咿啊啊啊！」

魯豬豬抱著頭蹲了下來——

——地板突然打開一個大洞，出現了陷阱。栗子毬果和魯豬豬全都一起掉了下去。

「嗚哇！救命啊——」

魯豬豬大叫著。

就在這個

千鈞一髮的緊要關頭，佐羅力抓住了魯豬豬的手，而伊豬豬也用盡吃奶的力氣，抱住佐羅力的身體。

「呼～」

他們還來不及喘一口氣，
三個人
你抱著我，
我抱著你，
一起掉進了陷阱。
而且，陷阱的底部
還有更可怕的東西
在等著他們。

那是什麼？
是我們的栗子毬果十字釘。

栗子毬果的刺刺進魯豬豬的屁股，因為實在太痛了，痛得讓他從陷阱裡跳了出來。

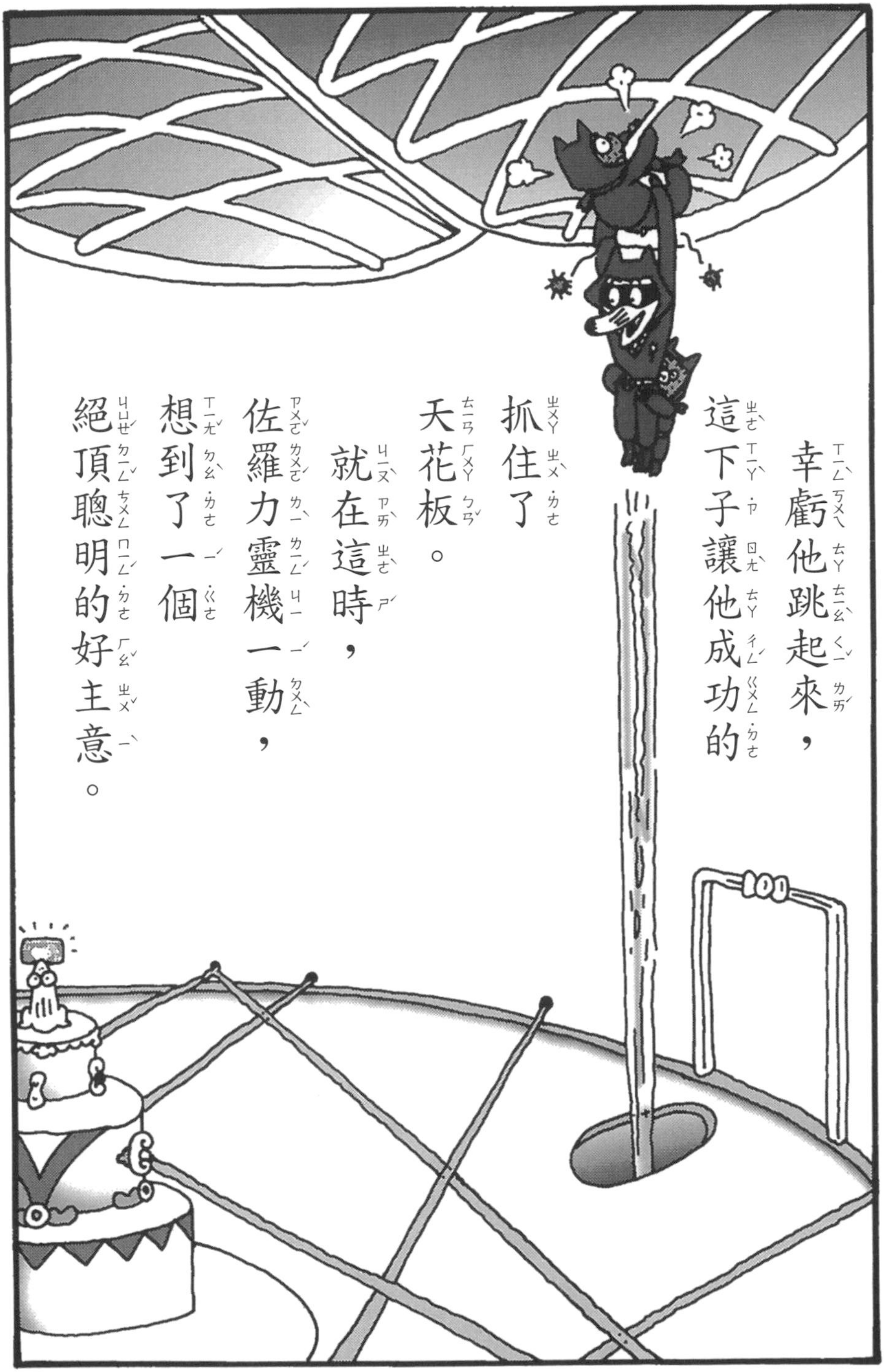

幸虧他跳起來，這下子讓他成功的抓住了天花板。

就在這時，佐羅力靈機一動，想到了一個絕頂聰明的好主意。

首先，將飛鏢牢牢的
綁在晒衣繩上，
然後，用力丟向
對面的牆壁。
接著，再把繩子的
另一端，牢牢的
綁在天花板上，
一切準備就緒。

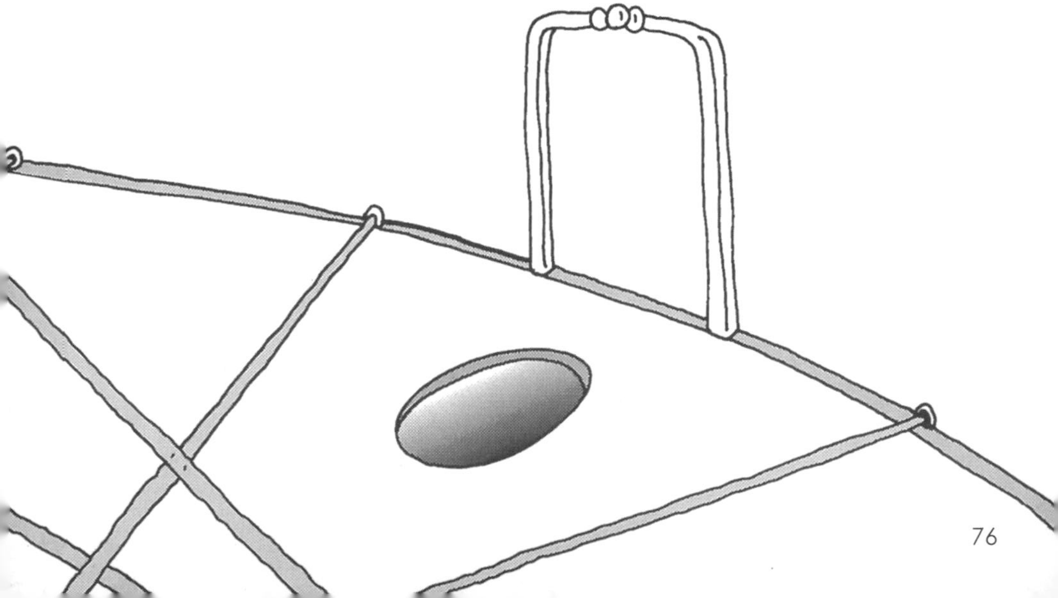

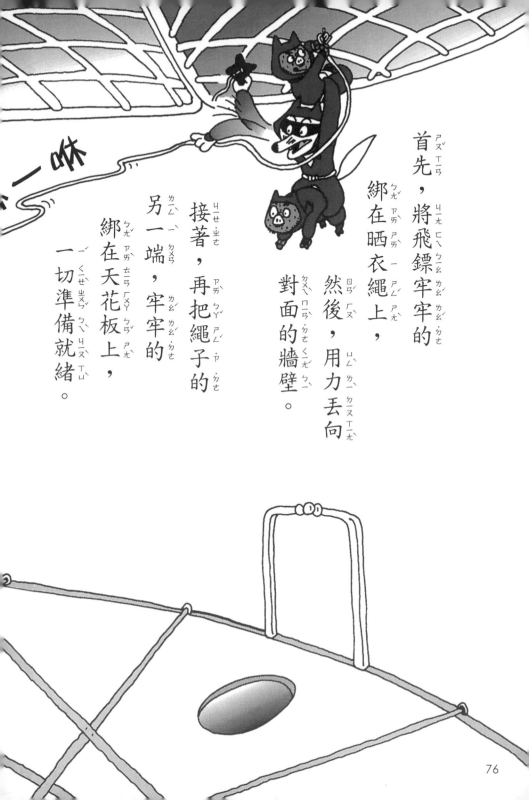

咻—咻
咻—
鏘！

滑滑滑滑
嘿吼嘿吼
嘿嘿吼
怎麼樣？
我的方法
不錯吧？

看吧！只要沿著
這根繩子
爬過去，
就可以從半空中
拿走那張「噗噗電話卡」。
這就是佐羅力想到的好方法。

佐羅力大師
不愧是
金頭腦——

因為佐羅力發現，
只要從天而降，
就可以避開鐳射光
和陷阱，
然後輕輕鬆鬆的
拿走電話卡。

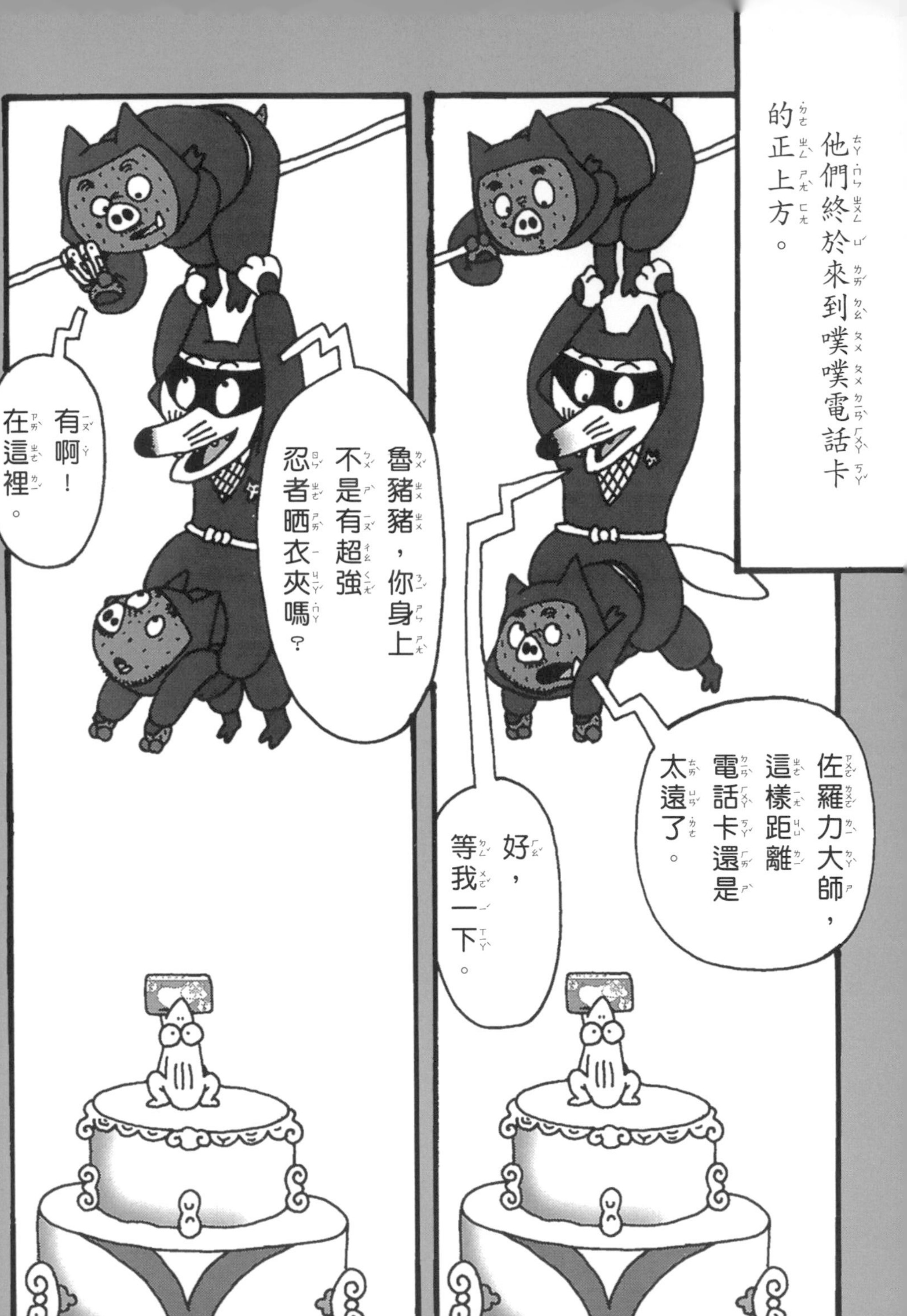
他們終於來到噗噗電話卡的正上方。
佐羅力大師，這樣距離電話卡還是太遠了。
好，等我一下。
魯豬豬，你身上不是有超強忍者晒衣夾嗎？
有啊！在這裡。

好，魯豬豬，這樣就可以了。
喂，伊豬豬，現在拿得到了吧！
還差一點點。
拿到了～
抓

正當伊豬豬拿到電話卡時，
晒衣夾終於承受不了
三個人的體重，
啪答
啪答
呃！
再也夾不住魯豬豬的耳朵
啪啪的鬆開了。

咻
嗚哇！
好痛。
砰
各位應該知道，他們三個人若是掉在地上，會有什麼樣的結果。
對了，這個地板……

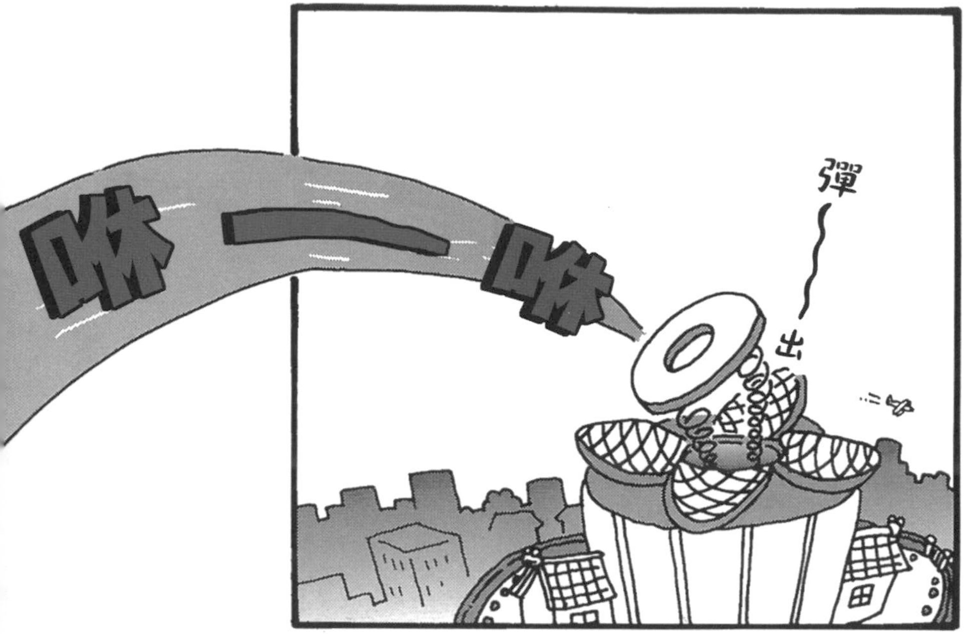

沒錯，大家猜對了。
地板彈起來，
把他們從天花板的開口
拋了出去。
但是，佐羅力三人
個個臉上都笑嘻嘻的，
因為，伊豬豬的手上
還緊緊抓著那張
「噗噗電話卡」。

然後，
佐羅力他們
飛到了，
飛到了——

不用說，當然是忍者屋。

兩名忍者一大早就在屋內四處尋找佐羅力三人。

「啊呀，這不是佐羅力嗎？我們還以為你們欠了錢，不想還就逃走了呢！」

「嘿嘿嘿，我是善良的佐羅力，
怎麼可能會做這種事呢？
明天我會連本帶利，
把向你們借的錢，
統統還給你們。」
佐羅力手上拿著
價值一億圓的電話卡，
心情好得不得了。

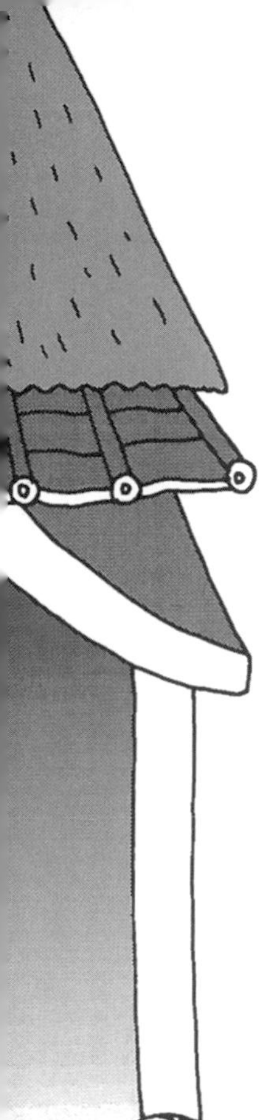

「我說伊豬豬啊！
為了答謝兩位忍者這幾天
這麼照顧我們，
你去訂披薩吧！
把所有你想吃的披薩統統訂來，
送給兩位忍者，
記得還要外加
大瓶的
可樂！」

伊豬豬聽令，衝出去找公用電話準備去訂期待已久的披薩。

「嘻呵呵呵，只要有這張『噗噗電話卡』……咦？魯豬豬，電話卡呢？」

「還在伊豬豬身上啊。」

佐羅力慌忙拔腿去追伊豬豬——

只見伊豬豬已經訂好了披薩，掛上了電話。公用電話也剛好嗶嗶嗶的把「噗噗電話卡」吐了出來。

價值一億圓的電話卡，只要使用過一次，就變成了普通的電話卡。

佐羅力的夢想破滅，他們又變成了身無分文的窮光蛋。

他們當然也付不出披薩的錢。於是，趁著兩名忍者去拿披薩時，佐羅力三人拿出忍者藏身布

披在身上隱身，然後，趁忍者不注意，偷偷溜走了。

都怪你壞事，真是受夠了，我億萬富翁的美夢，就這樣被你毀了。
嗚哇，對不起啦！因為我滿腦子只想到披薩——請原諒我。下一次，我一定會立功的。

現在真的是一貧如洗了。算了，人生從零開始，也沒什麼不好。媽媽，妳放心吧！我一定會建一座佐羅力城，也會娶一個漂亮的新娘。
喔，佐羅力大師這麼快就振作起來了，我愛死大師了。

•作者簡介

原裕 Yutaka Hara

一九五三年出生於日本熊本縣，一九七四年獲得ＫＦＳ創作比賽「講談社兒童圖書獎」，主要作品有《小小的森林》、《手套火箭的宇宙探險》、《寶貝木屐》、《小噗出門買東西》、《我也能變得和爸爸一樣嗎？》、【輕飄飄的巧克力島】系列、【膽小的鬼怪】系列、【菠菜人】系列、【怪傑佐羅力】系列、【鬼怪尤太】系列、【魔法的禮物】系列等。

•譯者簡介

王蘊潔

專職日文譯者，旅日求學期間曾經寄宿日本家庭，深入體會日本文化內涵，從事翻譯工作至今二十餘年。熱愛閱讀，熱愛故事，除了或嚴肅或浪漫、或驚悚或溫馨的小說翻譯，也從翻譯童書的過程中，充分體會童心與幽默樂趣。曾經譯有《白色巨塔》、《博士熱愛的算式》、《哪啊哪啊神去村》等暢銷小說，也有【魔女宅急便】系列、【小小火車向前跑】系列、《大家一起來畫畫》、《大家一起做料理》【大家一起玩】系列等童書譯作。

臉書交流專頁：綿羊的譯心譯意。

怪傑佐羅力系列16

怪傑佐羅力之忍者大作戰

作者｜原裕
譯者｜王蘊潔
責任編輯｜黃雅妮
特約編輯｜游嘉惠
美術設計｜蕭雅慧

天下雜誌群創辦人｜殷允芃
董事長兼執行長｜何琦瑜
媒體暨產品事業群
總經理｜游玉雪
副總經理｜林彥傑
總編輯｜林欣靜
行銷總監｜林育菁
資深主編｜蔡忠琦
版權主任｜何晨瑋、黃微真

出版者｜親子天下股份有限公司
地址｜台北市 104 建國北路一段 96 號 4 樓
電話｜（02）2509-2800
傳真｜（02）2509-2462
網址｜www.parenting.com.tw
讀者服務專線｜（02）2662-0332
週一～週五：09:00~17:30
讀者服務傳真｜（02）2662-6048
客服信箱｜parenting@cw.com.tw

法律顧問｜台英國際商務法律事務所・羅明通律師
製版印刷｜中原造像股份有限公司
總經銷｜大和圖書有限公司
電話：（02）8990-2588

出版日期｜2012 年 4 月第一版第一次印行
2023 年 12 月第一版第二十次印行

定價｜250 元
書號｜BKCH053P
ISBN｜978-986-241-492-7（精裝）

訂購服務
親子天下 Shopping｜shopping.parenting.com.tw
海外・大量訂購｜parenting@cw.com.tw
書香花園｜台北市建國北路二段 6 巷 11 號
電話｜（02）2506-1635
劃撥帳號｜50331356 親子天下股份有限公司

國家圖書館出版品預行編目資料

怪傑佐羅力之忍者大作戰
原裕 文、圖；王蘊潔 譯 --
第一版. -- 台北市：天下雜誌, 2012.04
102面；14.9x21公分. --（怪傑佐羅力系列；16）
譯自：かいけつゾロリのにんじゃ大さくせん
ISBN 978-986-241-492-7（精裝）
861.59　　101004306

かいけつゾロリのにんじゃ大さくせん
Kaiketsu ZORORI series vol.18
Kaiketsu ZORORI no Ninja Daisakusen

轉 轉 轉
點頭
啪嗤
開始囉
看我~~的
接~~招
撒
撒
關起來
咻咻咻咻咻
咻咻咻